MÉDAILLE

DE PHILIPPE-MARIE

VISCONTI.

NOTICE

SUR UNE MÉDAILLE

DE

PHILIPPE-MARIE VISCONTI,

DUC DE MILAN.

PAR TOCHON D'ANNECI,

MEMBRE DE PLUSIEURS SOCIÉTÉS SAVANTES ET DE LA CHAMBRE DES
DÉPUTÉS (SESSION DE 1815).

A PARIS,

L. G. MICHAUD, IMPRIMEUR-LIBRAIRE,

RUE DES BONS-ENFANTS, N°. 34.

——

SEPTEMBRE M. DCCC. XVI.

B

NOTICE

SUR UNE MÉDAILLE

DE PHILIPPE-MARIE VISCONTI,

DUC DE MILAN.

Quoique le monument que nous publions aujourd'hui ne remonte pas à une haute antiquité, nous l'avons cependant regardé comme assez intéressant pour mériter d'être décrit. Sa grandeur inusitée, sa rareté, le mérite de l'ouvrage, la réputation de l'artiste à qui nous le devons, le nom du prince dont il nous a conservé les traits, tout nous semble concourir à rendre cette pièce extrêmement recommandable.

Ce médaillon d'argent a été fabriqué en l'honneur de Philippe - Marie Visconti, d'abord comte de Pavie, ensuite duc de Milan, après la mort de son frère Jean-Marie Visconti, auquel il succéda en 1412. Ses principaux titres sont exprimés dans la légende qu'on lit autour de la tête.

PHILIPPVS MARIA. ANGLVS. DVX.

MEDIOLANI. ET CETERA. PAPIAE.

ANGLERIE. QUE. COMES. AC. GENVE. DOMINVS.

« Buste du duc Philippe-Marie, la tête coif-
» fée d'un bonnet, son habillement richement
» orné de broderies (1). » On voit au haut de
l'épaule un oiseau placé dans un cercle entre
deux palmes, formant un écusson qui est sur-
monté de la couronne ducale (2).

Revers sans légende. Au bas du médaillon,
on lit :

OPVS PISANI PICTORIS.

Philippe-Marie, à cheval, revêtu d'une ar-

---

(1) Vestitu *ac reliquo corporis ornatu, etiam ab ineunte
adolescentiâ perinsignis fuit.*

(DECEMBRIO, *Vita Philippi Mariæ,* cap. 51.)

(2) Vexillo primùm gentili ac bipartito aquilarum viperarum-
que discrimine, deindè paterno usus est, quod à Francisco Petrar-
châ editum plerique prodidere : hoc in præliis uti consuevit,
turturis figuram præferente in solis jubare ; post diademate, palmâ
et lauro illustri, non vexilla modo, sed præclara domûs suæ de-
coravit.   (*Id. cap.* 30.)

(3)

mure complète est armé de la lance; le haut du casque représente les armes des Visconti (un serpent qui dévore un enfant), la visière est baissée; le duc est accompagné de deux autres cavaliers, dont l'un est casqué et armé comme lui. On distingue en perspective plusieurs monuments d'architecture, peut-être quelques parties du dôme de Milan, commencé par Jean Galéas, et continué (1) par Philippe-Marie son fils (2).

Le duc n'est désigné, suivant l'usage, dans la légende, que par ses prénoms ; il n'y est nullement fait mention du nom de Visconti. Il faut remarquer néanmoins qu'il y est appelé *Anglus*. Cette famille, pour illustrer son origine, prétendait descendre d'Anglus fils d'Ascagne (3).

---

(1) Mediolanense templum, quo nullum ætate nostrâ, architecturâ, et marmore illustrius visitur, ut in dies erigeretur, diligentissimè curavit.   (*Id. cap.* 37.)

(2) Les montagnes qui y sont figurées pourraient aussi faire croire que les monuments appartiennent à la ville de Gênes, dont Philippe-Marie fit la conquête.

(3) Casa visconti à dirvela adunque trae sua nascita dal Trojano germe d'Anchise, il quale impadronitosi de' paesi latini come ne canta Virgilio nel libro undecimo della sua Eneide,

On conçoit aisément qu'on attache quelque gloire à avoir pour ancêtres les héros chantés par Homère et Virgile.

Nous ignorons s'il existe beaucoup de monuments sur lesquels on observe cette particularité (1). Le Pisan n'a pas manqué de réunir ici

---

lasciò che un figlio d'un suo figlio chiamato Anglo, diventasse signore d'un delizioso luogo sul lago Verbano, detto poscià Angleria, ora Angera, di cui n'è in possesso à nostri giorni la nobilissima famiglia de' Borromei. Da questo germe d'Enea doppo lunga serie di consumati anni, la metà d'un secolo sotto Sigoveso, e quasi altra metà sotto à Brunesedo suo figlio, n'usci alla fine quel valoroso Uberto domatore del drago, come sentiste, là dove s'inalza il Tempio di S. Dionigi, il quale occupando la vice del conte, titolo del primiero dominante nelle' Insubria, riportò il cognome di viceconte, ora Visconti.

(*V*. Carlo Torre, *Ritrato di Milano, pag.* 373.)

Vice comitum originem antiquam sanè ac præclaram extitisse multi prodidere, nomen autem sumpsisse putatur 'ab Angleriæ comitibus, quibus à Federico pulsis, vicecomites eorum loco dicti sunt, procedente vero tempore etiam comites se appellaverunt.

(Decembrio , *loc. cit. cap.* 1.)

Dans le testament du duc de Milan, Jean Galéas, rapporté par Corio, dans son histoire de Milan (édition de Padoue, in-4°., 1646, pag. 561), le fils aîné du duc est désigné par les noms de *Gian-Maria Inglese ;* le second fils y est nommé *Filippo-Maria Anglo ;* et le troisième, *Gabriello Anglo.*

(1) Paul Jove rapporte l'inscription placée sur le tombeau du tout ce qui pouvait concourir à l'illustration du prince auquel il dédiait son ouvrage. Voilà pourquoi nous pensons aussi que les édifices qui sont figurés sur le revers, doivent avoir quelques rapports avec l'histoire du temps.

Les titres de duc de Milan, de comte de Pavie et d'Anghiera (autrefois Angleria), et de seigneur de Gènes, qu'on donne dans la légende à Philippe-Marie, suffiraient seuls pour le faire reconnaître, si nous ne remarquions sur le revers de la médaille la tête du prince couverte d'un casque, où le graveur Pisan fait figurer le signe distinctif qui orne les armes des Visconti. Ils se paraient de ce symbole

---

duc Jean Galeaz, dans laquelle il est aussi fait mention de la même origine.

> . . . . Lege principis ergo
> Hîc etiam titulos, nomen que genusque supremi
> Cujus ab Angleriæ primus quos protulit olim
> Natus ab Ascanio, trojani sanguinis Anglus
> Comitibus, si prisca petas primordia clari
> Nominis, atque domûs Vicecomitis extat origo.
> Talibus exortum proavis dixere Johannem
> Nunc Galeas, etc. . . . . .
>
> (PAULI JOVII *vitæ duodecim Vicecomitum Mediolani principum*, Paris, 1549, in-4°.)

2

extraordinaire depuis qu'un de leurs ancêtres, après avoir défait un illustre Sarrasin, s'était emparé du casque qu'il portait, sur lequel était un serpent qui dévore un enfant. Corio, le plus estimé des historiens originaux de Milan, rapporte ainsi cette histoire :

Della quale (Gierusalem) un ferocissimo Saracino chiamato Voluce principe transjordano uscì di fuori armato, è per cimiero havea una grand vipera a sette revolutione con uno à chi era tolta la pelle in bocca. Costui dimandò battaglia singolare. Onde Otto accettando l'invito combattette e lo vinse. Ornandosi delle hostile spoglie, è suoi posteri illustrando poi dell' aquistata vipera, la quale anche per vesillo porta questa republica, e similmente quelli furono ornati di titolo vicecomitale, aggiungendoli l'ottavo giro à suo perpetuo nome. (CORIO, *Historia di Milano.* Pag. 49.)

Merula, l'historien des Visconti, la raconte à peu près avec les mêmes circonstances (1), et

_____

(1) Sed Otho Vicecomes rem gessit in Annalibus libris valdè memorandam : illustre virtutis specimen, et Regii generis, à quo prognatus traditur, argumentum certissimum, et quod jam tunc ei Regnum portendit. Fortè dum Hierosolyma obsidentur, pugnæ multæ cum hoste geruntur, qui suis auxilio venerat : processit Barbarus viribus ferox, armorum, et corporis specie inter cæteros eminens, et proinde terribilis; nostrosque despiciens venire jubet, et congredi, si quis pugnare secum de Christianis auderet. Enim-

le Tasse, dans sa *Jérusalem délivrée*, chant premier, place au nombre des héros qui vont à la conquête de la Terre-Sainte, Othon (Vis-

---

verò tunc universus obstupescere exercitus, certamen cuncti abnuere, neq. quisquam ex ea multitudine sortem tanti periculi adire : nam magnitudo, et immanitas faciei omnes perterrefecerat : tunc Otho Vicecomes, in quo eximiæ vires, animus intrepidus, et Regii spiritus aliquid hærebat; cum cætera turba partim defixi, partim ambigui starent, armatus adversus provocatorem accessit : initoq. protinus certamine, superbum Barbarum, et insigni horrido ferociùs exultantem, primo congressu vicit, interfecitque : detraxit non arma tantùm; sed et nobile spolium retulit : Vipera stabat sinuosa, nudum infantem seminecem, gementi similem, et suffuso cruore turgidum dentibus tenens; gestamen profectò fœdum, et barbaricæ crudelitatis documentum; nisi quòd hostium spolia, quò magis ab humanitate recesserint; eò speciosius sunt victoriæ monumentum. Insignis igitur tam memorabili facto ad suos reversus Otho, parta trophæa more hieronicarum Patriæ donat, à qua non minus honoris, et nominis accepit, quàm quod donaverat. Dicavere cives legionibus Viperam; ut quotiens in hostem prodiretur, Signa urbis non figerentur, nisi priùs Vipera staret, qualem hosti detractam Otho de Syriâ reportaverat; sive perpetuo Regiæ familiæ gentilitio; sive magnis auspiciis, et certa præsumptione victoriæ, quasi eo signo conterritus hostis, victori Populo statim terga daret; sive ut in posteros victoria redundaret, qui aliquando libertatem nobis à peregrina tyrannide vindicarent, et Italiæ incolumitatem suis armis afferrent.

(GEORG. MERULA, *Antiquitat. Viceeomitum, lib. III*, *pag.* 31, édit. de Milan, 1629, in-fol.)

2.

conti), et y fait allusion à ce singulier orne-
ment.

> Il forte Otton che conquistò lo scudo
> In cui dell' Angue esce il fanciullo ignudo (1).

Cette médaille, ou plutôt ce médaillon,
est du peintre Pisan, que nous connaissons par
plusieurs autres ouvrages de même nature, et
sur lesquels il a eu soin de mettre son nom,
ordinairement en latin : quelquefois il l'ajoutait
encore en grec, comme il l'a fait sur la médaille
de l'empereur Jean Paléologue, qu'on trouve

---

(1) Décembrio attribue cette victoire à Heriprand, père d'Othon.
(*Loc. cit.*, chap. 1er.), et quelques auteurs donnent une autre
origine à ces armes. « A quell' arco che mirasi colà in fronte
» s'invii, egli dà il passo per introdursi nell' antico tempio di
» S. Dionigi, è nel medemo luogo salì generoso destriero Lodo-
» vico rè di Francia l'anno 1509 per trionfare in Milano dell'
» ottenuta vittoria contro Veneziani... Questi è poi quel sito in
» cui fu occiso da Uberto Visconte il drago che cò suoi fiati
» apportava a' cittadini malefici danni, mentre distoltosi da
» profonda tana givasene per questi vicini contorni, à procacciarsi
» il vitto, havendo voi à sapere, che in quelle antiche età rendevasi
» tal sito disabitato, e selvaggio, innalzandosi assai discotte le
» cittadine mure, quindi haveano famigliari i covaccioli le fiere. »
(CARLO TORRE, *loc. cit., pag.* 273.)

gravée dans Ducange (1) et Banduri (2) : ΕΡΓΟΝ. ΤΟΝ. ΠΙCANOY ZΩΓΡΑΦΟΥ. C'était sans doute pour être agréable au prince grec, que le Pisan employait ces caractères.

Victor Pisano, appelé aussi quelquefois *Pisanello*, était né à Saint-Vigile, sur les bords du lac de Garda, dans le Véronèse. Nous ne connaissons pas l'époque précise de sa naissance: il était élève d'André del Castagno(3), et de bonne heure avait surpassé son maître, puisqu'il avait déjà une grande réputation lorsqu'il n'était point encore question de Castagno. On cite un tableau de lui avec sa signature, de l'an 1406.

Le marquis Lionello d'Este, dont le Pisan nous a laissé plusieurs médailles, parle de cet artiste comme d'un peintre fort habile (4) : *Pi-*

(1) *Imperatorum Constantinopolitanorum seu inférioris ævi numismatibus dissertatio Caroli Dufresne Ducange*, Rome, 1755, in-4°., planche IV.

(2) Banduri *numismata imp. Rom. à Trajano Decio ad Palæologos Augustos*, tom. II, pag. 177.

(3) Suivant Vasari, mais ce qui est contredit par Sc. Maffei, (*Verona illustrata, pitture*, chap. 6).

(4) *Ibid.*, part. 3; Venuti, *Numismata romanor. Pontif. in præf.* et l'élégie que Tit. Strozzi a consacrée à la louange de cet artiste (*Erot.*, lib. II, éleg. 13). On en trouve l'extrait dans *Museum Mazzuchellianum*, 1,76.

*sanus omnium pictorum hujus ætatis eggre-
gius*, etc.

Paul Jove, évêque de Nocera, dans une
lettre adressée au duc Cosme de Médicis, fait
aussi mention du talent du Pisan pour les médailles, et il annonce qu'il en possède plusieurs.
Comme il nous fournit de précieux renseigne-
ments, tant sur les monuments que sur leur auteur, nous rapportons ici textuellement le passage qui les concerne.

Costui fu ancora prestantissimo nell'opera dei bassi rilievi, stimati difficilissimi da gli artefici, perche sono il mezzo
tra il piano delle Pitture, el' tondo delle statue. È per ciò si
veggono di sua mano molte lodate medaglie di gran prin-
cipi, fatte in forma majuscola della misura propria di quel
riverso, che il Guidi m'ha mandato del cavallo armato, fra
le quali io ho quella del gran re Alfonso in zazzera, con
riverso d'una celata capitanale; quella di papa Martino
con l'arme di casa Colonna per riverso; quella di sultan
Maomete, che prese Costantinopoli, con lui medesimo
a cavallo in habito turchesco, con una sferza in mano.
Sigismondo Malatesta con un riverso di madonna Isotta
d'Arimini; e Nicolò Piccinino con berrettone bislungo in
testa, col detto riverso del Guidi, il qual rimando. È oltra
questi, ho ancora una bellissima medaglia di Giovani
Paleologo imperatore di Costantinopoli, con quel bizarro
capello alla grecanica, che solevano portare gl'imperatori.

È fu fatta da esso Pisano in Fiorenza , al tempo del concilio di Eugenio ove si trovò il prefato imperatore ,.etc. (1).

On voit, par cette citation, que Paul Jove possédait lui-même beaucoup de médailles gravées par le Pisan. Celle qui nous occupe , inédite jusqu'ici, peut leur faire suite, de même que la collection qui faisait partie du musée Mazzuchelli (1), où l'on en avait recueilli un grand nombre de modernes. L'auteur, à qui nous devons la publication de ce cabinet, nous fait connaître les médailles de Lionello, marquis d'Este , sur l'une desquelles se trouve la date 1444, ce qui indique d'une manière précise l'époque des travaux du Pisan dans ce genre de gravure. Mazzuchelli en possédait

(1) *Lettere volgare di monsignore Paolo Giovo da Como , vescovo di Nocera , raccolte per messer Ludovico Domenichi.* Venise , 1560, in-8°.

(2) *Museum Mazzuchellianum , seu numismata Virorum doctrinâ præstantium à Petro Antonio de comitibus Gaetani.* Venise, 1763, 3 vol. in-fol.

On peut consulter cet ouvrage, dans lequel on trouvera d'autres médailles du Pisan dont nous ne faisons point mention ici : ainsi que la *Sicilia* de Ph. Paruta, où l'on voit un médaillon d'Alphonse, rôi de Sicile, avec le nom du Pisan et la date 1449. Cette médaille recule la mort du Pisan de plusieurs années. Ce serait à tort que Sc. Maffei, dans sa *Verona illustrata*, l'aurait fixée à l'an 1445.

encore deux de Sigismond Malatesta, seigneur de Rimini, avec la date 1445, l'une et l'autre du même travail et du même style que celle de Philippe-Marie Visconti.

Lorsque le Pisan fit paraître ses premières médailles, l'art numismatique était à peine cultivé; s'il n'a pas réussi à lui rendre son éclat, au moins a-t-il contribué à sa renaissance, et nous a-t-il conservé les traits de plusieurs personnages illustres, que peut-être on ne connaîtrait pas sans lui. Pendant que son pays était en proie aux guerres civiles et aux dissensions politiques, le Pisan passait sa vie au sein des cours, accueilli et protégé par les princes qui gouvernaient l'Italie. Ses portraits sont précieux, parce qu'ils peuvent servir à l'iconographie du moyen âge. Nous ne croyons pas qu'il reste encore beaucoup de monuments pareils à celui que nous publions, le volume et le poids de ces médaillons étant la première cause de leur destruction; ils passent souvent du cabinet d'un amateur, après sa mort, dans le creuset d'un orfèvre. Tel est le sort des pièces qui n'ont pas une valeur monétaire. Voilà pourquoi il est peut-être plus difficile de former une collection de médailles modernes, qu'une collection de médailles antiques. Cette assertion, qui paraît étrange, est d'une vérité facile à démontrer.

Pour revenir à la médaille que nous publions, nous avons lieu de croire que les traits du prince qui y est représenté, sont rendus très fidèlement. Le portrait qui se trouve gravé à la tête de l'*Histoire de Philippe-Marie Visconti*, par Paul Jove, édition de Robert Étienne, Paris, 1549, d'après un tableau qu'on voyait de son temps au palais de Milan, est fort en harmonie avec celui-ci : nous ignorons s'il est dû au pinceau du Pisan ; mais le passage suivant, extrait de l'ouvrage de Decembrio (chap. 50), nous autorise à le penser.

Facie obfuscá, licet reliquo corpori candor inesset, adspectu autem cogitanti adsimilis, cujus effigiem quanquam à nullo depingi vellet, Pisanus ille insignis artifex miro ingenio spiranti parilem effinxit.

Ce monument est d'autant plus précieux, que Philippe-Marie ne permettait à aucun

3

peintre de faire son portrait. Decembrio nous apprend cependant que le Pisan eut le talent de le peindre d'une parfaite ressemblance. Il est assez curieux de retrouver aujourd'hui l'effigie du même prince sur une médaille du même artiste : comme si le Pisan, non content de multiplier les traits de son protecteur, eût voulu les transmettre à la postérité d'une manière plus durable.

La médaille a d'abord été coulée ; ensuite elle a été achevée au burin. On croit que le Pisan commençait par faire ses modèles en cire (1), qu'il les moulait ensuite et les terminait au burin. Les lettres de la légende sont visiblement burinées. L'artiste a d'ailleurs mis peu d'attention et de soins dans cette partie de son travail.

Le poids de notre médaillon, qui est de près de douze onces, montre assez qu'il n'est pas portatif. Il est probablement unique. On ne doit point le considérer sous les rapports numis-

(1) Voyez la fin du Mémoire de De Boze, sur une médaille d'or de Justinien, *Mémoires de l'Académie des inscriptions et belles-lettres*, tom. XXVI, pag. 531.

matiques ; c'est seulement un portrait en bas-relief et en argent, ainsi que le remarque fort bien Paul Jove. *Costui fù ancora prestantis-simo nell' opera dei bassi rilievi, stimati diffi-cilissimi, perchè sono il mezzo tra il piano della pittura e l'tondo delle statue.* En regardant les ouvrages du Pisan comme des bas-reliefs, c'est les considérer sous leur véritable point de vue (1). Les monuments numisma-tiques, liés à l'histoire du prince, à la chro-nologie de son règne, se multiplient à l'in-fini ; ils se répandent dans tous les lieux soumis à sa domination ; ils indiquent son droit de sou-veraineté, constaté par le seul acte de faire battre monnaie, et lui survivent comme des témoins authentiques de son pouvoir.

---

(1) On trouve à la suite des médailles de Marseille et des comtes de Provence, publiées à Aix par le président Fauris de St.-Vincent, un médaillon du roi René, exécuté en ivoire l'an 1462, par un sculpteur qui, comme le Pisan, a voulu placer son nom sur son ouvrage. Il a signé *Petrus de Mediolano*. La notice pu-bliée en l'an 8 (1800), sur le président de St.-Vincent, annonce qu'il a fait des recherches sur les artistes du xve. siècle, qui, les premiers, ont fait reparaître ces médaillons dans ce moment de la renaissance de tous les arts.

3.

Le Pisan n'est pas le seul qui, vers cette époque, ait publié de semblables monuments. Nous en avons avec cette signature : *Opus Sperandei*, *opus Johannis Boldu*, *opus Mathæi de Pastis*, comme on peut le voir dans Mazzuchelli, où l'on trouve une médaille signée par Marescotto en 1446, qui est l'époque précise des ouvrages connus du Pisan. C'est grâce à tous ces artistes que l'art numismatique et l'art monétaire ont repris faveur, et ces motifs suffiraient seuls pour rendre leurs ouvrages précieux à consulter.

Parlons maintenant du prince qui est représenté sur notre monument. Si l'on considère attentivement sa figure, on y trouvera une analogie frappante avec un homme trop célèbre de nos jours, et en remarquant quelques traits de son caractère tracé par Muratori, on se convaincra qu'il y a plus d'un rapport entre les deux personnages.

Voici ce qu'on lit dans *l'Art de vérifier les dates*, Tom. III, p. 65.

« C'était une étrange politique, dit Muratori, que celle

» de Philippe-Marie Visconti ; on ne pouvait faire aucun
» fonds sur sa parole. Ce qu'il promettait aujourd'hui , de-
» main il le rétractait. Il n'était invariable que dans ses res-
» sentiments. Quand l'esprit de vengeance s'était emparé
» de lui , il n'en sortait plus , mais il savait le voiler des plus
» beaux semblants d'amitié. Il en imposa par-là aux per-
» sonnes qui n'étaient pas en garde contre sa mauvaise foi.
» Mais les ruses qu'il employa pour les tromper retombèrent
» quelquefois contre lui-même. A l'égard de ses vertus guer-
» rières , on ne peut disconvenir qu'elles ne fussent émi-
» nentes ; aussi habile général que soldat intrépide , il fut
» heureux dans les guerres qu'il entreprit , lorsque des acci-
» dents qu'il n'avait pu prévoir ne croisèrent point ses vues.
» Ce même héros , qui dans les combats affrontait har-
» diment les plus grands dangers , montrait dans sa vie pri-
» vée la pusillanimité du plus faible mortel , jusqu'à aller se
» cacher , au bruit du premier coup de tonnerre , dans un
» caveau fort profond. Tel était l'effet des remords dont
» son ame était agitée par divers crimes qu'il ne pouvait se
» dissimuler , entre lesquels il faut mettre le supplice injuste
» de Béatrix , sa première femme. »

Philippe-Marie fut le dernier duc de Milan
de la famille des Visconti ; il était fils de Jean
Galéas, qui mourut le 4 décembre 1402 , et qui
lui laissa, par son testament, le comté de Pavie
et les villes de Novare, Verceil, Tortone ,
Alexandrie , Vicence , Verone , Feltre, Bel-

lune, etc. Il ne succéda point immédiatement à son père dans le duché de Milan, mais après la mort de son frère aîné, Jean-Marie, qui fut assassiné en 1412, il sortit de la citadelle de Pavie, où il vivait dans la retraite, retenu comme captif, par les ordres de son frère, et prit aussitôt le titre de duc de Milan, malgré les efforts d'un parti qui avait proclamé Astor, l'un des fils naturels de Bernabò Visconti. Philippe-Marie le défit, et s'empara de Milan où il se fit reconnaître Il eut néanmoins, long-temps encore, à lutter contre les ennemis que lui suscitèrent Sigismond, roi des Romains, et les Vénitiens ; mais soit par sa propre habileté, soit par celle des généraux qu'il sut s'attacher, il triompha de tous les obstacles.

D'abord marié à Béatrix de Tende, veuve de Facino Cane, l'un des généraux de son père, il la fit périr sous prétexte d'adultère, et épousa en secondes noces la princesse Marie, fille d'Amédé VIII, premier duc de Savoie (le même qui fut élu pape, sous le nom de Félix V, par le concile de Bâle). On prétend que la princesse Marie avait un amour si respectueux pour son mari, que quand il lui avait baisé la main elle refusait de la laver (1).

Philippe-Marie n'eut d'enfants d'aucune de ses femmes, et mourut l'an 1447, ne laissant qu'une fille naturelle, mariée à François Sforce, chef de la branche des Sforces qui règna à Milan, après les Visconti.

Valentine de Milan, qui épousa, en 1389, Louis de France, duc d'Orléans, était sœur du duc Philippe-Marie. Il avait été stipulé, lors du mariage de Valentine, qu'elle hériterait du duché de Milan si ses frères venaient à mourir sans enfants mâles (2); et voilà l'origine des prétentions qu'ont exercées les rois de France sur le duché de Milan.

Nous ne pouvons pas fixer l'époque précise où le Pisan fit paraître la médaille dont nous avons donné la description ; mais comme Philippe-Marie ne s'est emparé de la souveraineté

---

(1) Décembrio, (Chap. 39).

(2) *Pauli Jovii, Vitæ duodecim Vicecomitum*, Paris, 1549, pag. 171.

qu'en 1412, qu'il n'a été maître de Gènes qu'en 1421, qu'il n'a pu prendre les titres dont il est décoré sur la médaille, qu'après cette époque, et que Gènes reconquit sa liberté en 1435, on voit à peu près en quel temps a été gravé ce monument. Il paraît que le Pisan a été, pendant cet intervalle, appelé à la cour du duc, qui, sans avoir le goût des lettres et des arts (1), attirait auprès de lui les artistes les plus distingués. C'est au moins le témoignage que nous en donne son historien (2). On sait d'ailleurs que tous les princes d'Italie avaient cette noble émulation, puisque nous voyons le Pisan, à Milan, à Modène, à Rimini, à Florence, etc., laissant partout des monumens en l'honneur des souverains qui daignaient accueillir son talent et sa personne.

---

(1) **Humanitatis** ac litterarum studiis neque comtempsit neque in honore pretioque habuit, magisque admiratus est eorum doctrinam quàm coluit, etc. (Decembrio, *chap.* 63.)

(2) Voyez ce qu'en dit Furietti dans la Vie de Gasparino, dit *Barzizza.*

FIN.